SLHOKA

TOME 1 - L'ÎLE OUBLIÉE

SCÉNARIO
GODDERIDGE

DESSIN
FLOCH

COULEURS
LYSE

soleil

"Un grand merci à Didier pour toute son aide et sa disponibilité."

Soleil Productions
247, avenue de la République
83000 Toulon - France

Bureaux parisiens
25, rue Titon - 75011 Paris - France

Conception et réalisation graphique : Didier Gonord pour Soleil.

Dépôt légal mars 2003 - ISBN : 2 - 84565 - 555 - X

Photogravure : Evolution - Tournai - Belgique
Impression : Lesaffre - Tournai - Belgique

LE MONDE DE LINK-ARCHOÏDE.
AN VII DE LA GUERRE DES FLAMBOYANTS
ZONE DE FRONT OUEST, SECTEUR
DES ÎLES LEMPRICES.
MAYD! MAYD! MA... SCRIIIKK... ...SSION 26 À BIGE...
...SCRIIIIKK... OMMES TOUCH... ...SCRIIIK... ECTEUR V... SCRRIIK... ...JE RÉP... SCRIIIIKK...
RAHAA! CETTE DAMNÉE RADIO N'ACCROCHE PLUS RIEN!
JE NE TIENDRAI PLUS LE ZINC LONGTEMPS! FAUT SE POSER SUR CETTE ÎLE! CRAMPONNE-TOI, ÇA VA FAIRE MAL...
1

TRÈS MAL !
AR'N !
AR'N... ÇA VA ?
OUCH !... T'AS UNE IDÉE DE CE QUI S'EST PASSÉ, GAMIN ?
LE GYRO-RADAR ZOOMAIT TRANQUILLE... ET TOUT D'UN COUP...
POUM ! LE MOTEUR GAUCHE !
NÉGATIF !
ET SUR L'INFRA-SON OU LE DÉTECT-PANNE ?
RIEN ! AUCUN ÉCHO !
C'EST BIZARRE... SE FAIRE FLINGUER UN MOTEUR SANS AUCUN SIGNAL SUR LES ÉCRANS.
ILS AURAIENT MIS AU POINT UN CIBLEUR FURTIF ?
EN TOUT CAS, ÇA NE VA PAS ÊTRE SIMPLE POUR LE RAPPORT.

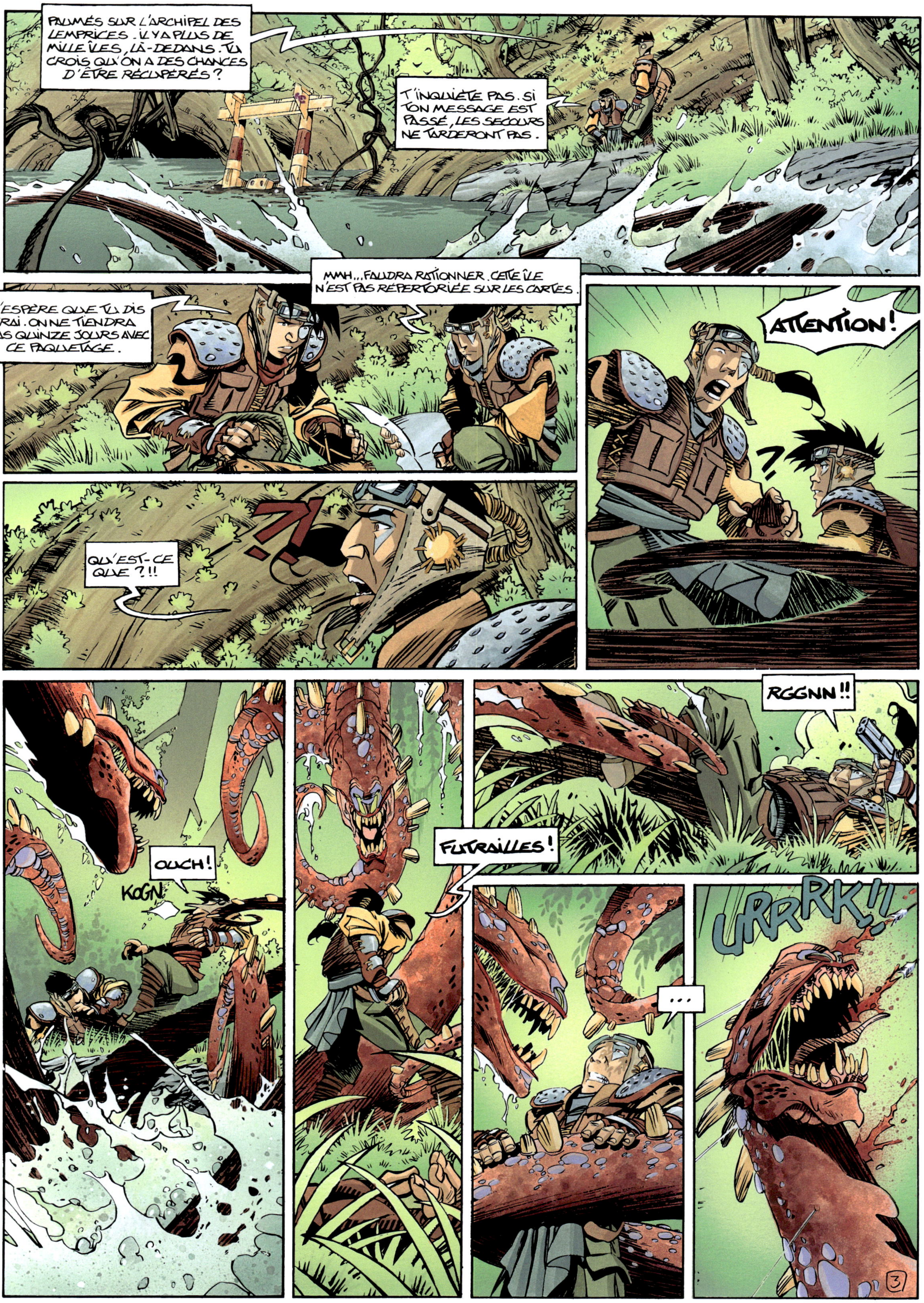
PAUMÉS SUR L'ARCHIPEL DES LEMPRICES. IL Y A PLUS DE MILLE ÎLES, LÀ-DEDANS. TU CROIS QU'ON A DES CHANCES D'ÊTRE RÉCUPÉRÉS ?
T'INQUIÈTE PAS. SI TON MESSAGE EST PASSÉ, LES SECOURS NE TARDERONT PAS.
J'ESPÈRE QUE TU DIS VRAI. ON NE TIENDRA PAS QUINZE JOURS AVEC CE PAQUETAGE.
MMH... FAUDRA RATIONNER. CETTE ÎLE N'EST PAS RÉPERTORIÉE SUR LES CARTES.
ATTENTION !
?
?!
QU'EST-CE QUE ?!!
OUCH !
KOGN
FUTRAILLES !
RGGNN !!
...
URRRK !!

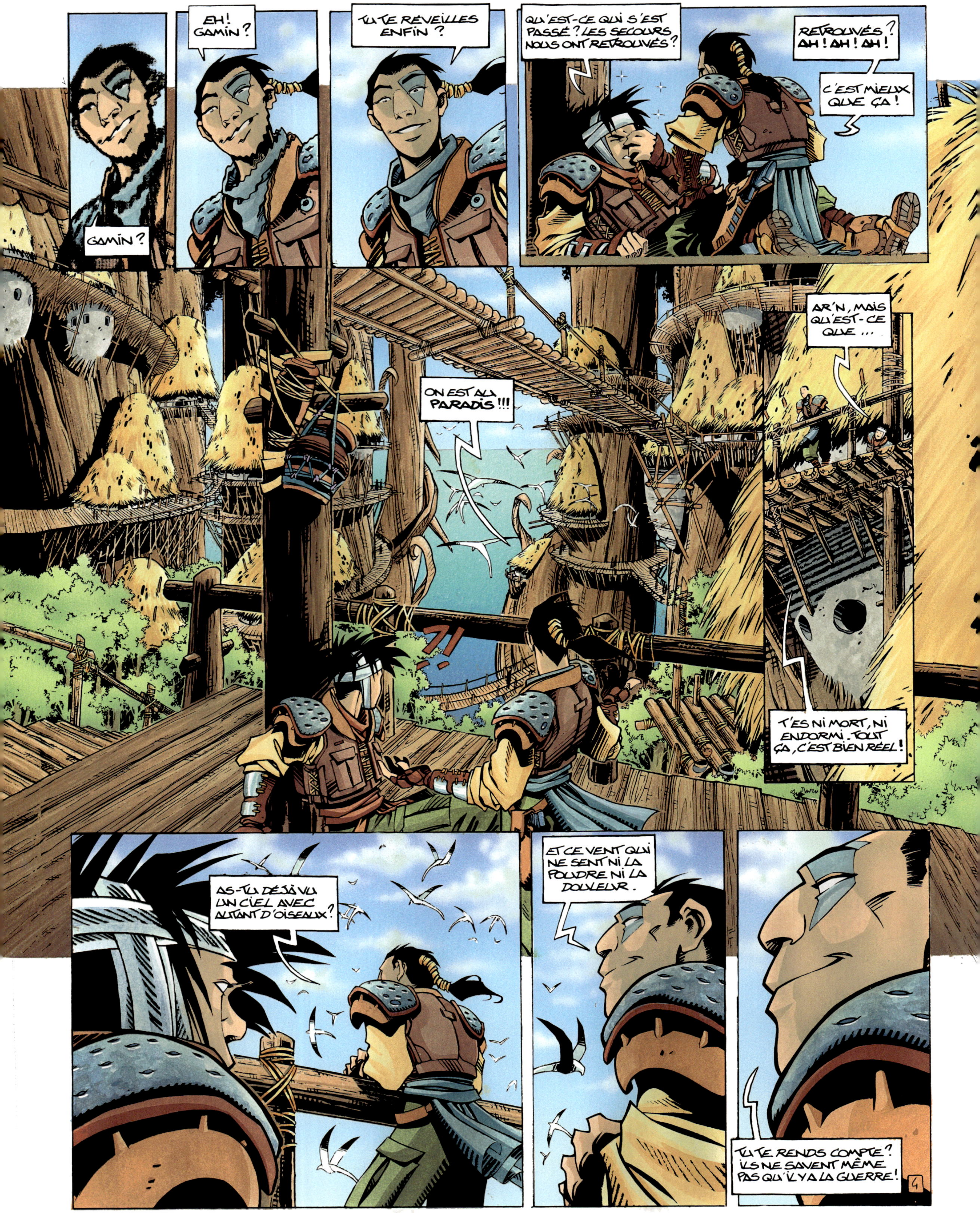
GAMIN ?
EH ! GAMIN ?
TU TE REVEILLES ENFIN ?
QU'EST-CE QUI S'EST PASSÉ ? LES SECOURS NOUS ONT RETROUVÉS ?
RETROUVÉS ? AH ! AH ! AH !
C'EST MIEUX QUE ÇA !
ON EST AU PARADIS !!!
AR'N, MAIS QU'EST-CE QUE ...
T'ES NI MORT, NI ENDORMI. TOUT ÇA, C'EST BIEN RÉEL !
AS-TU DÉJÀ VU UN CIEL AVEC AUTANT D'OISEAUX ?
ET CE VENT QUI NE SENT NI LA POUDRE NI LA DOULEUR.
TU TE RENDS COMPTE ? ILS NE SAVENT MÊME PAS QU'IL Y A LA GUERRE !
4

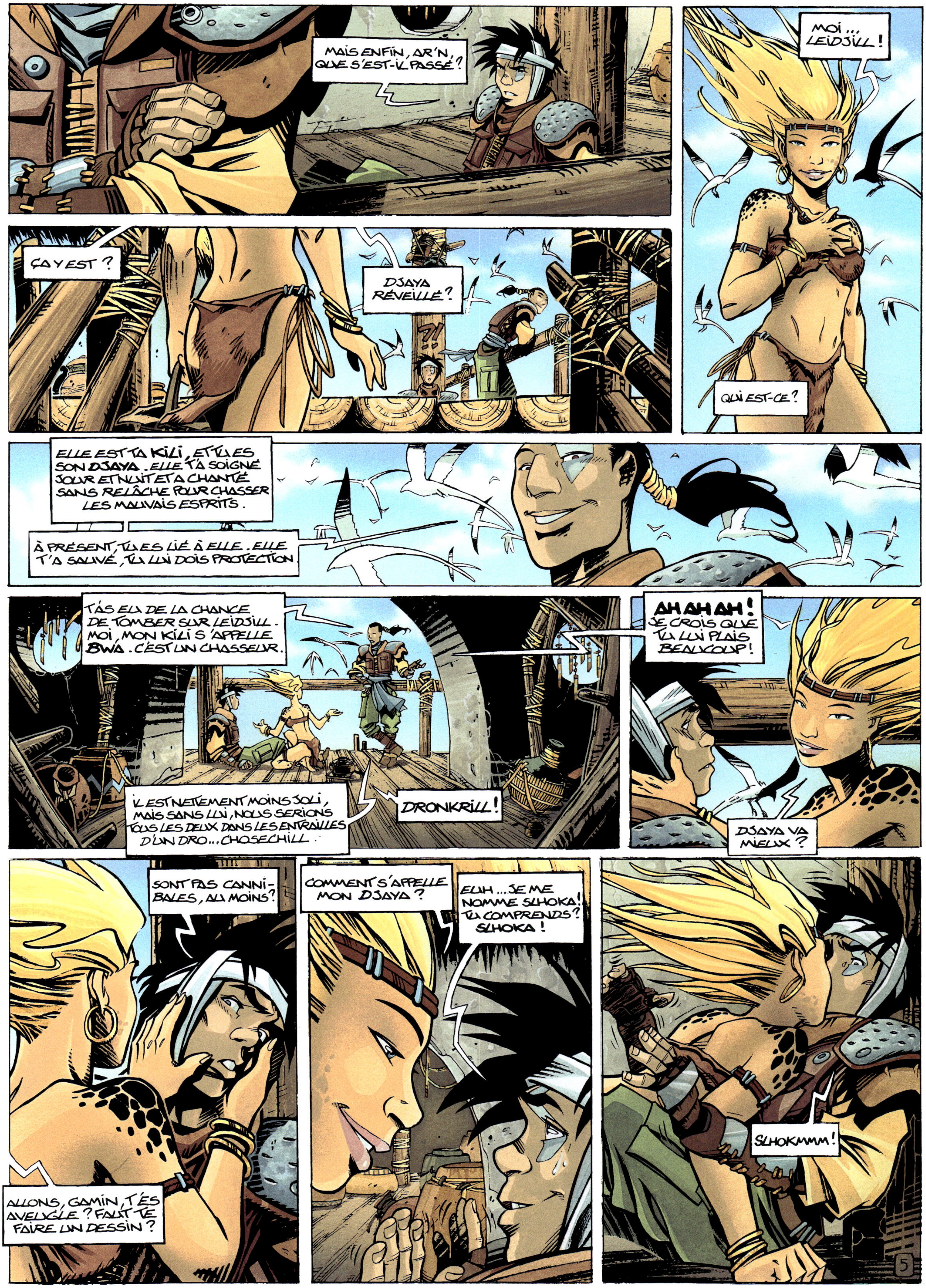
MAIS ENFIN, AR'N, QUE S'EST-IL PASSÉ ?
ÇA Y EST ?
DJAYA RÉVEILLÉ ?
MOI... LEIDJILL !
QUI EST-CE ?
ELLE EST TA KILI, ET TU ES SON DJAYA. ELLE T'A SOIGNÉ JOUR ET NUIT ET A CHANTÉ SANS RELÂCHE POUR CHASSER LES MAUVAIS ESPRITS.
À PRÉSENT, TU ES LIÉ À ELLE. ELLE T'A SAUVÉ, TU LUI DOIS PROTECTION
T'AS EU DE LA CHANCE DE TOMBER SUR LEIDJILL. MOI, MON KILI S'APPELLE BWA. C'EST UN CHASSEUR.
IL EST NETTEMENT MOINS JOLI, MAIS SANS LUI, NOUS SERIONS TOUS LES DEUX DANS LES ENTRAILLES D'UN DRO... CHOSECHILL.
DRONKRILL !
AH AH AH ! JE CROIS QUE TU LUI PLAIS BEAUCOUP !
DJAYA VA MIEUX ?
SONT PAS CANNIBALES, AU MOINS ?
ALLONS, GAMIN, T'ES AVEUGLE ? FAUT TE FAIRE UN DESSIN ?
COMMENT S'APPELLE MON DJAYA ?
EUH... JE ME NOMME SLHOKA ! TU COMPRENDS ? SLHOKA !
SLHOKMMM !
5

ET LES SEMAINES PASSENT...
BRÖÖ?
ATTENDEZ-MOI !!
FUMAILLES ! JE L'AURAI !
LITHORN RAPIDE... TOI, AUCUNE CHANCE.
MAIS ATTENDEZ-MOI, BON SANG !
AR'N !! LAISSE-LA MOI !!
LA CHASSE, C'EST UNE AFFAIRE D'HOMMES !
AH ! AH ! AH ! VA PLUTÔT CHASSER LE MOUSTIQUE, GAMIN !!
QUOI !? J'AURAI CE LITHORN AVANT TOI !!
EH ! L'HOMME... PFFOU... PFFOU... MAIGRIS DU BIDE, AVANT... PFFFOU... DE TE VANTER !!!
...
C'EST À MOI !!
ARRÊTE !!

À PARTIR D'ICI, TU PÉNÈTRES DANS LE SANCTUAIRE DES DIEUX !!
MAIS IL EST MALADE, CE TYPE !!
DU CALME, SLHO !
SI LE LITHORN EST VENU JUSQUE LÀ, C'EST QUE LES DIEUX LE PROTÈGENT !
C'EST NOTRE CHAMAN.
PEUT-ÊTRE, MAIS IL A FAILLI ME RÔTIR !
MAIS COMMENT A-T-IL FAIT ÇA ?
IL DOIT AVOIR UN CRACHE-FLAMMES À LA PLACE DE LA MAIN !
UN COEUR D'ORGUEIL EST SOURD. UN COEUR AMOUREUX POSSÈDE AU MOINS UNE OREILLE. LEIDJILL, EXPLIQUE-LUI... TOI, IL T'ÉCOUTERA.
IL FAUT QUE TU COMPRENNES, SLHOKA...
LES DIEUX NOUS AIDENT À SURMONTER LES ÉPREUVES DE LA VIE. IL Y A THUSE, LE ROI-POISSON, CAR NOUS SOMMES AVANT TOUT DES PÊCHEURS.
LÀ, C'EST KYRLE, L'ARBRE-MÈRE, QUI NOUS RELIE À PALAO, L'ANCÊTRE. ET À GAUCHE, SHANI, L'ESPRIT-VENGEUR...
NAGAGHULI, L'OMBRE-LUMIÈRE, ET PLUS DERRIÈRE...
EUH... LEIDJILL...

TU SAIS, NOUS, LES DIEUX, ON S'EN...
JE T'EN PRIE, SLHO AMOUR, NE BLASPHÈME PAS !
CE QU'ALLAIT DIRE SLHOKA, C'EST QUE CHEZ NOUS, IL N'Y A PAS DE DIEUX !
PAS DE DIEUX ?
MAIS L'HARMONIE, ALORS ?
QUOI ? QUELLE HARMONIE ?
MAIS... L'ÉQUILIBRE DE TOUT ! ENTRE LA TERRE ET L'EAU, ENTRE LES VIVANTS ET LES MORTS, ENTRE LES HOMMES ET LES ANIMAUX... TOUT !
HOULALA ! C'EST MYSTICO-COMPLIQUÉ, TOUT ÇA ! NOUS, ON N'EST QUE PILOTES.
ON EST VENUS CHASSER AVEC VOUS. ÇA NOUS FAISAIT DE L'EXERCICE. SURTOUT AR'N, QUI EN A BIEN BESOIN.
MAIS LÀ, ÇA NOUS DÉPASSE. ON VOUS LAISSE À VOS PRATIQUES.
TU VIENS, AR'N ?
AR'N ?
MAIS OÙ VAS-TU ?
OH !!!
8

QU'EST-CE QUE C'EST, ÇA?
CE SONT LES ARCHES DU RÊVE!
MOI, JE VOIS PLUTÔT DES RUINES.
MAIS C'EST QUOI? UN TEMPLE OUBLIÉ? UNE VILLE ANCIENNE?
PERSONNE N'EN SAIT RIEN. LES ARCHES SONT LÀ DEPUIS LA NUIT DES TEMPS.
OUI. BIEN AVANT LA VENUE DE NOTRE PEUPLE.
LES ARCHES SONT SACRÉES. LE SANCTUAIRE DES DIEUX GARDE UNE DES ENTRÉES. MAIS ELLES NE SERVENT PLUS VRAIMENT.
SAUF POUR... EUH... CERTAINES CÉRÉMONIES.
CERTAINES CÉRÉMONIES?
VIENS, SLHOKA, ON S'EN VA.
AU MOMENT OÙ CELA DEVENAIT INTÉRESSANT!
SCRITCH
CRACK
FUMAILLES!
LE LITHORN!
NON!!
PAW
PAW
BEN QUOI? QU'EST-CE QUE J'AI FAIT DE MAL?

TU M'EN VEUX ENCORE ?
MMH.
LEIDJILL, J'AI DÉJÀ DIT QUE J'ÉTAIS DÉSOLÉ. TON MONDE N'EST PAS LE MIEN !
EUH... LEIDJILL ?
DEPUIS LE TEMPS QUE TU ES ICI, JE PENSAIS QUE ÇA LE DEVENAIT.
UN JOUR, ON VIENDRA NOUS CHERCHER AR'N ET MOI... ET NOTRE KILI DJAYA N'Y CHANGERA RIEN.
EN ES-TU CERTAIN ?
EUH...
VOTRE VIE EST SI DIFFÉRENTE DE LA NÔTRE, J'ARRIVERAI JAMAIS À ÊTRE COMME VOUS !
ET POURTANT, J'ESSAIE, LEIDJILL...
... J'ESSAIE POUR TOI !
JE LE SAIS, MON DJAYA !

UN MOIS PLUS TARD...
...FÊTE DU QUATERN.
TU NE MANGES PAS, GRAND-PÈRE ?
NON. JE VOUS ATTENDS.
TU NOUS ATTENDS ? POUR QUOI FAIRE ?
"ILS" ONT BESOIN DE VOUS !
QUI ÇA, "ILS" ?
MAIS... LES DIEUX !
QU'EST-CE QU'IL A VOULU DIRE ?
POUR LE SAVOIR... SUIVONS-LE !
11

OÙ ES-TU, GRAND-PÈRE ?
ICI. SUR SON COEUR.
?!
MAIS OÙ SOMMES-NOUS ?
DANS KYRLE, AU COEUR DE L'ARBRE-MÈRE.
12

POURQUOI NOUS AMENER LÀ ?
"ILS" LE DÉSIRENT.
VOTRE OEIL...
VOTRE BOUCHE...
VOTRE NEZ...
ME DISENT QUELLE SORTE D'HOMMES VOUS ÊTES.
VOS FAIBLESSES...
MAIS SURTOUT, VOS FORCES...
IMPITOYABLES !
QUI ÊTES-VOUS ?
JE SUIS WANTA, LE MESSAGER DES DIEUX.
13

QUEL EST CE CAUCHEMAR ?
QU'EST-CE QUE ÇA VEUT DIRE ?
VOUS ÊTES AU "JAÏPURNA", CHEZ LES DIEUX !
OUVREZ VOS YEUX, GUERRIERS...
...ET ÉCOUTEZ CE QU'ILS ONT À VOUS DIRE.
?
VOUS VENEZ D'UN MONDE EMPLI DU FRACAS DES ARMES ET DU SANG GASPILLÉ...
LA GUERRE VOUS ENIVRE, VOUS GLORIFIE... ET VOUS AVEUGLE !
LE VENT DU CHAOS EST AVEUGLE !
IL FRAPPE SANS DISTINCTION.
VOUS N'ÊTES PAS NOS DIEUX !
EN QUOI CETTE GUERRE VOUS CONCERNE-T-ELLE ?
14

NOTRE MONDE EST UN IMMENSE ÉQUILIBRE DE VIE OÙ CHAQUE MINÉRAL, VÉGÉTAL, ANIMAL ET HUMAIN...
...EST UNE PIERRE DANS L'ÉDIFICE D'HARMONIE QUI NOUS ENTOURE, NOUS RÉGIT ET NOUS PROTÈGE.
VOTRE GUERRE BRISE CETTE HARMONIE. PLUS ELLE S'ÉTERNISE, PLUS L'ÉQUILIBRE ENTRE LES "PIERRES" DEVIENT PRÉCAIRE.
L'INFERNAL EST EN GESTATION.
IL S'APPRÊTE À DÉTRUIRE L'HARMONIE.
NOUS NOUS PENSIONS À L'ABRI. AUJOURD'HUI, NOUS SAVONS QU'IL N'EN EST RIEN.
CE STÉRILE FRACAS NOUS MÈNERA TOUS À LA MORT.
LA PIERRE FONDRA...
LA CHAIR BRÛLERA...
ET L'ÂME SE DISPERSERA...
...À TOUT JAMAIS!
15

LE LENDEMAIN MATIN
QUATERN EST TOUJOURS UN PEU DUR À PASSER LA PREMIÈRE FOIS !
QUELLE GUEULE DE BOIS !
BOIS DOUCEMENT, SHOKA, ÇA TE FERA DU BIEN.
ON VOLAIT... ON TOMBAIT
QUEL CAUCHEMAR, CES RACINES NOUS TRITURANT LE CERVEAU... ET CETTE TERRIBLE LUMIÈRE...
ET NOS AVIONS... T'ES SÛR QU'ON A RÊVÉ ?
AVEC WANTA, NOTRE CHAMAN, ON NE RÊVE PAS, ON VOYAGE.
IL ÉTAIT SI GRAND.
C'EST VRAI QUE CE TYPE ÉTAIT GIGANTESQUE, TOUT EN PIERRE AVEC DES SPIRALES
AU FAIT, COMMENT A-T-IL NOMMÉ CET ENDROIT, DÉJÀ ?
LE "JAÏPURNA", JE CROIS...
MMH... LE JAÏPURNA, POUR DES GENS QUI N'ONT PAS DE DIEUX, C'EST SURPRENANT...
NE ME DEMANDE PAS DE T'EXPLIQUER. HOOO ! MA TÊTE !
ALLEZ DONC VOUS RAFRAÎCHIR LES IDÉES !
AAAAAH...
16

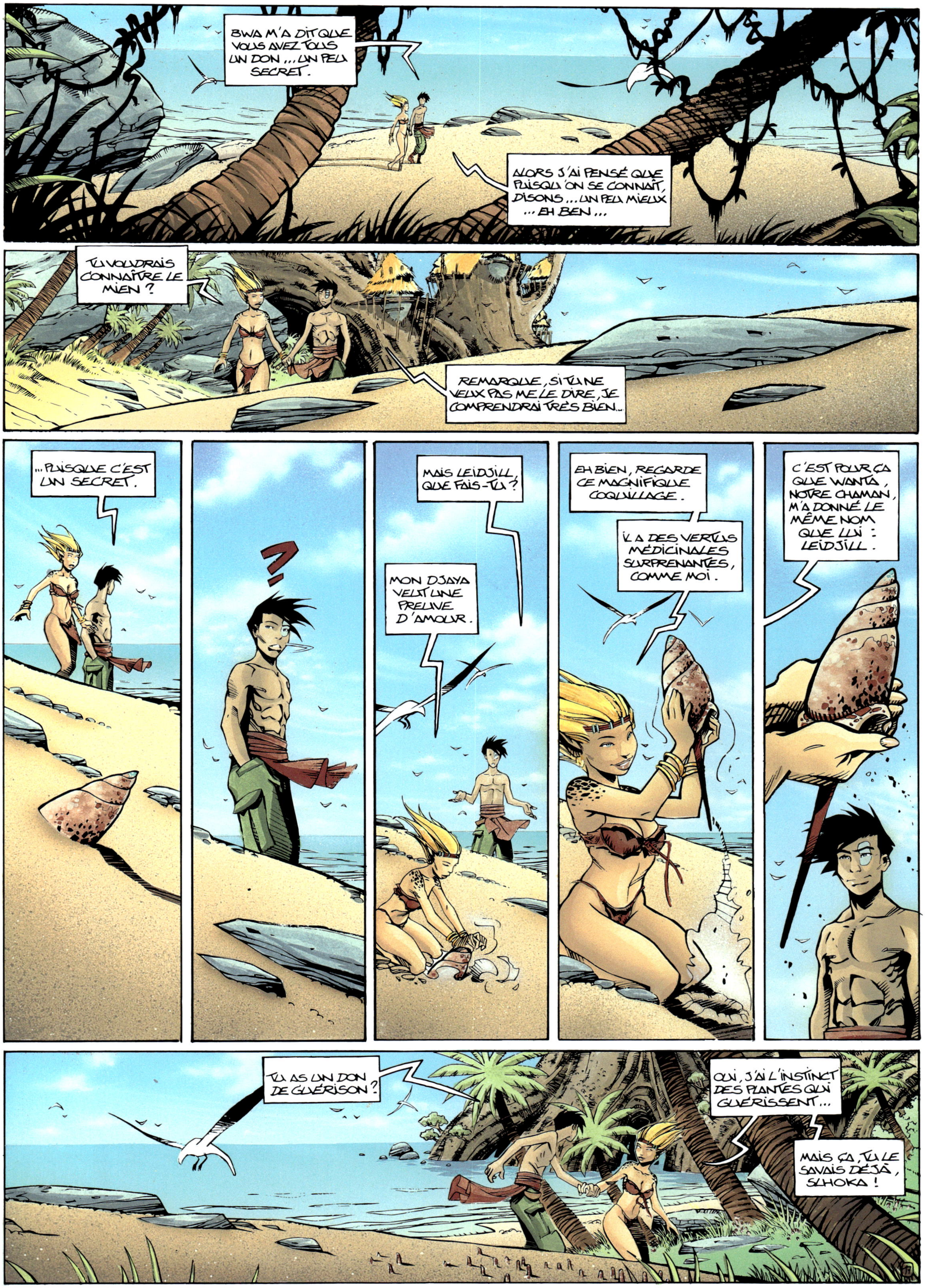
BWA M'A DIT QUE VOUS AVEZ TOUS UN DON ... UN PEU SECRET.
ALORS J'AI PENSÉ QUE PUISQU'ON SE CONNAÎT, DISONS ... UN PEU MIEUX ... EH BEN ...
TU VOUDRAIS CONNAÎTRE LE MIEN ?
REMARQUE, SI TU NE VEUX PAS ME LE DIRE, JE COMPRENDRAI TRÈS BIEN...
... PUISQUE C'EST UN SECRET.
?
MAIS LEIDJILL, QUE FAIS-TU ?
MON DJAYA VEUT UNE PREUVE D'AMOUR.
EH BIEN, REGARDE CE MAGNIFIQUE COQUILLAGE.
IL A DES VERTUS MÉDICINALES SURPRENANTES, COMME MOI.
C'EST POUR ÇA QUE WANTA, NOTRE CHAMAN, M'A DONNÉ LE MÊME NOM QUE LUI : LEIDJILL.
TU AS UN DON DE GUÉRISON ?
OUI, J'AI L'INSTINCT DES PLANTES QUI GUÉRISSENT...
MAIS ÇA, TU LE SAVAIS DÉJÀ, SHOKA !

OÙ ALLONS-NOUS ?
AUX ARCHES DU RÊVE, DÉCOUVRIR NOTRE GARDIEN.
NOTRE GARDIEN ? QU'EST CE QU'...
CHEZ NOUS, TOUS LES AMOUREUX VONT AUX ARCHES POUR CONNAÎTRE LE DIEU QUI LES PROTÈGERA.
ALORS, C'EST ÇA, LES FAMEUSES CÉRÉMONIES DES ARCHES ?
OUI, AU COEUR DE CES VESTIGES, SE TROUVE L'OPALINE SACRÉE.
ELLE FAIT APPARAÎTRE À CEUX QUI LA TOUCHENT, UN DIEU, CELUI QUI INFLUERA SUR LEUR DESTINÉE.
FUMAILLES !
MAIS, QUI A PU CONSTRUIRE CE GIGANTESQUE...
SHHT..

?...
QUOI ? SHANÎ ?
NON ! C'EST IMPOSSIBLE ! PAS ELLE !
QU... QU'EST-CE QU'IL Y A ?
C'EST L'ESPRIT VENGEUR ! SUOKA ! L'ESPRIT VENGEUR !
CALME-TOI, LEIDSILL ! JE SUIS LÀ !
SHANÎ... ANNONCE...
...LES MALHEURS !
19

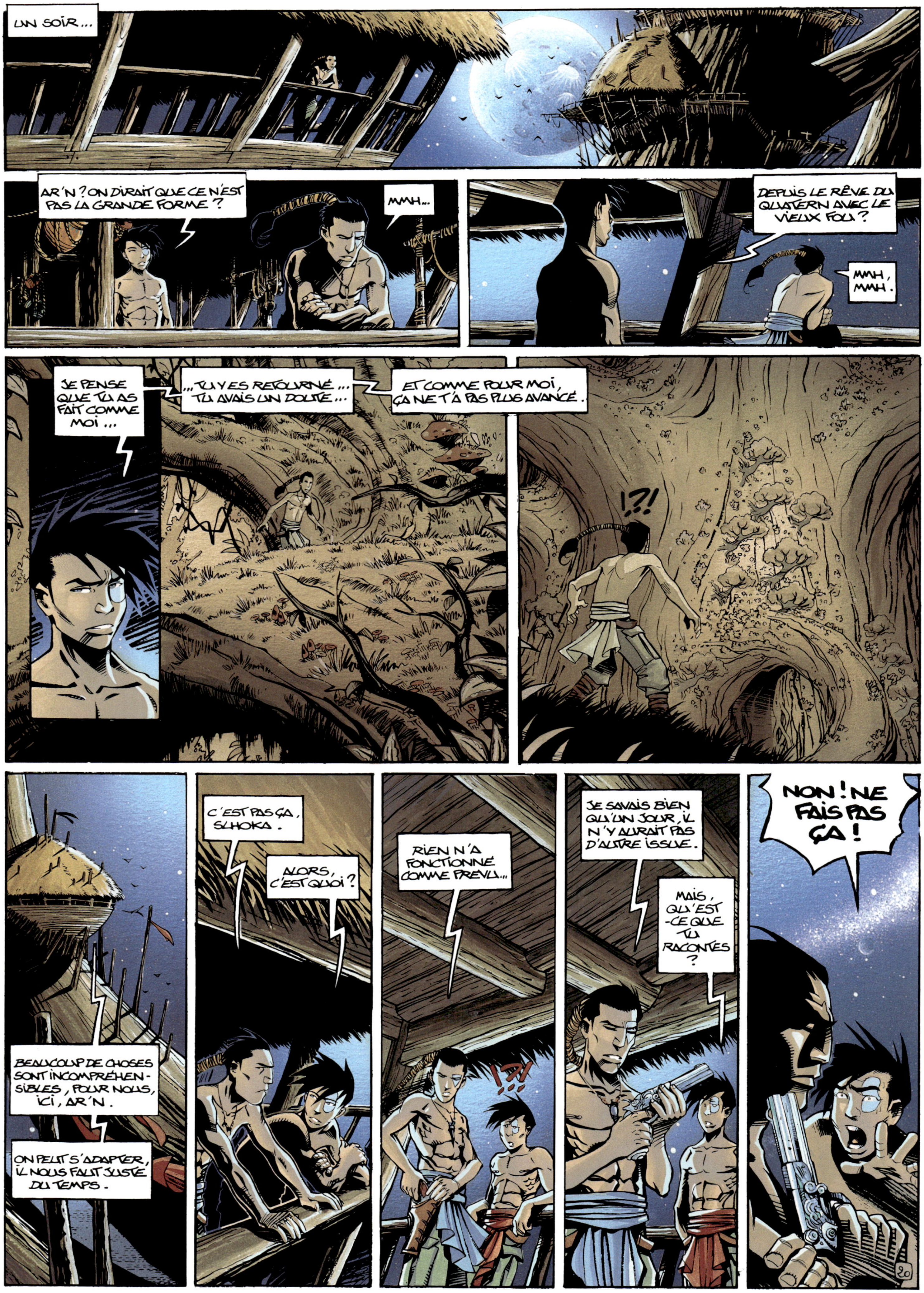
UN SOIR...
AR'N ? ON DIRAIT QUE CE N'EST PAS LA GRANDE FORME ?
MMH...
DEPUIS LE RÊVE DU QUATERN AVEC LE VIEUX FOU ?
MMH, MMH.
JE PENSE QUE TU AS FAIT COMME MOI...
...TU Y ES RETOURNÉ... TU AVAIS UN DOUTE...
ET COMME POUR MOI, ÇA NE T'A PAS PLUS AVANCÉ.
!?!
BEAUCOUP DE CHOSES SONT INCOMPRÉHENSIBLES, POUR NOUS, ICI, AR'N.
ON PEUT S'ADAPTER, IL NOUS FAUT JUSTE DU TEMPS.
C'EST PAS ÇA, SLHOKA.
ALORS, C'EST QUOI ?
RIEN N'A FONCTIONNÉ COMME PRÉVU...
!?!
JE SAVAIS BIEN QU'UN JOUR, IL N'Y AURAIT PAS D'AUTRE ISSUE.
MAIS, QU'EST-CE QUE TU RACONTES ?
NON ! NE FAIS PAS ÇA !

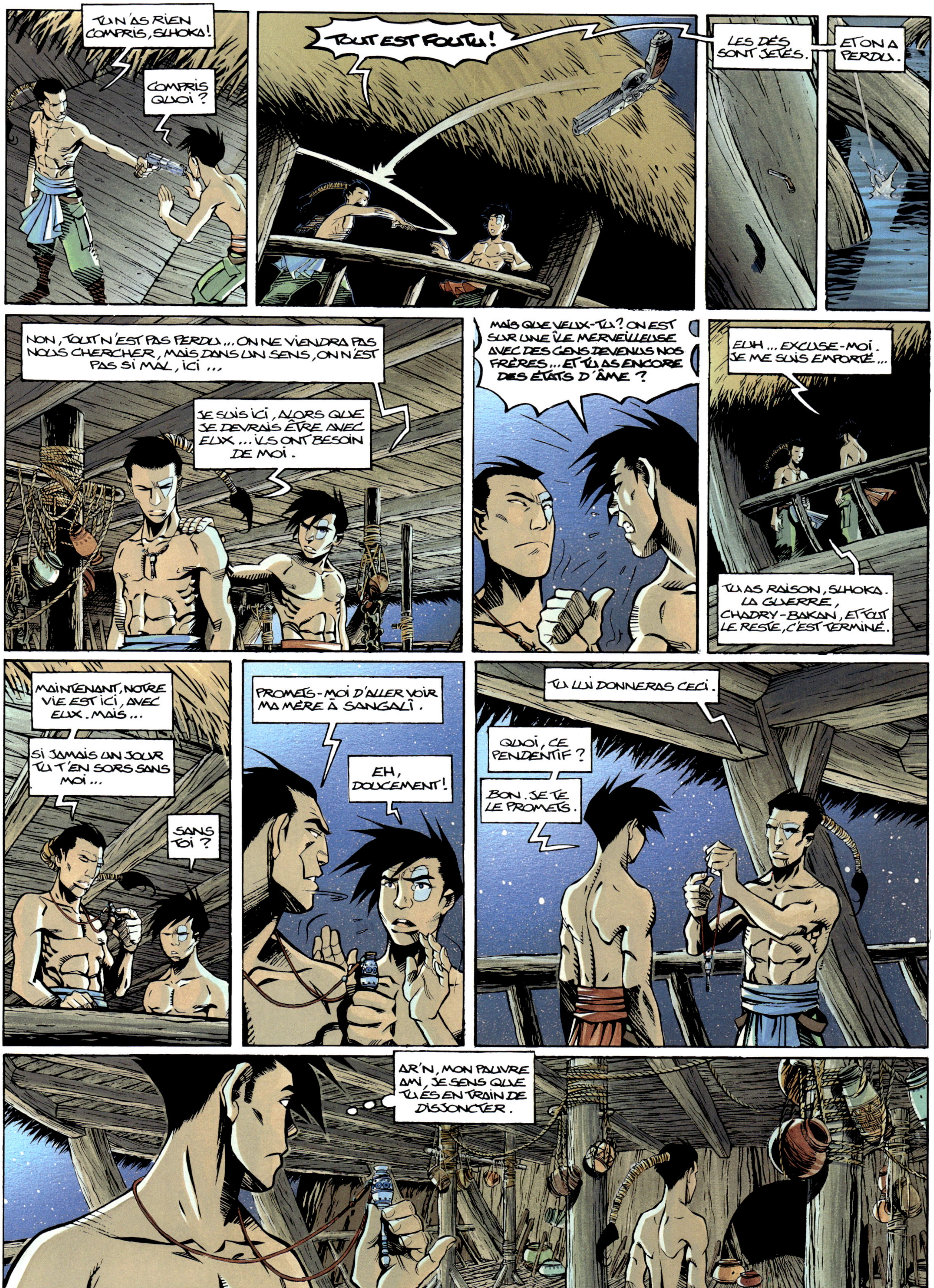
TU N'AS RIEN COMPRIS, SLHOKA !
COMPRIS QUOI ?
TOUT EST FOUTU !
LES DÉS SONT JETÉS.
ET ON A PERDU.
NON, TOUT N'EST PAS PERDU... ON NE VIENDRA PAS NOUS CHERCHER, MAIS DANS UN SENS, ON N'EST PAS SI MAL, ICI...
JE SUIS ICI, ALORS QUE JE DEVRAIS ÊTRE AVEC EUX... ILS ONT BESOIN DE MOI.
MAIS QUE VEUX-TU ? ON EST SUR UNE ÎLE MERVEILLEUSE AVEC DES GENS DEVENUS NOS FRÈRES... ET TU AS ENCORE DES ÉTATS D'ÂME ?
EUH... EXCUSE-MOI. JE ME SUIS EMPORTÉ...
TU AS RAISON, SLHOKA. LA GUERRE, CHADRY-BAKAN, ET TOUT LE RESTE, C'EST TERMINÉ.
MAINTENANT, NOTRE VIE EST ICI, AVEC EUX. MAIS...
SI JAMAIS UN JOUR TU T'EN SORS SANS MOI...
SANS TOI ?
PROMETS-MOI D'ALLER VOIR MA MÈRE À SANGALÎ.
EH, DOUCEMENT !
TU LUI DONNERAS CECI.
QUOI, CE PENDENTIF ?
BON. JE TE LE PROMETS.
AR'N, MON PAUVRE AMI, JE SENS QUE TU ES EN TRAIN DE DISJONCTER.

ET QUELQUES JOURS PLUS TARD...
WHUP WHUP WHUP WHUP WHUP
?!?
CE BRUIT...
ON DIRAIT...
WHUP WHUP
NON!!!
FUYEZ! FUYEZ!

FOUTEZ LE CAMP !
SLHOKA ! SLHOKA !
COUREZ ! DISPERSEZ-VOUS !
MAIS N'ALLEZ PAS AU VILLAGE !
PAS AU VILLAGE ! PAS AU VILLAGE !
POURQUOI... PAS AU... VILLAGE ?
C'EST LÀ ... QU'ILS... NOUS ATTENDENT.
C'EST TOUJOURS COMME ÇA ...
IL NE FAUT PAS RESTER ICI. CES RUINES SONT TROP VOYANTES.
ILS VONT SÛREMENT NOUS RETROUVER.
L'OPALINE SACRÉE ! IL FAUT LA PROTÉGER !

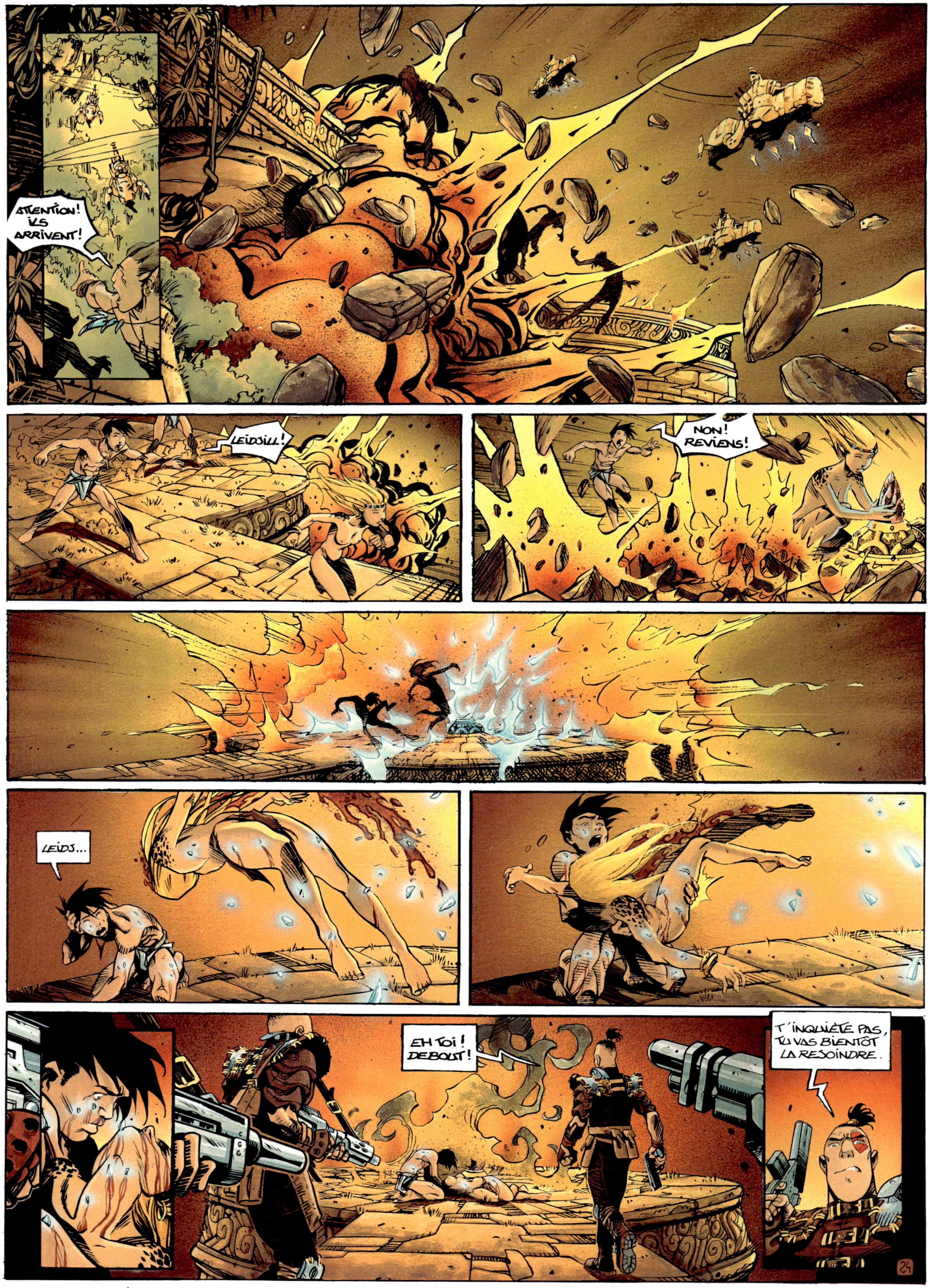

ATTENTION ! ILS ARRIVENT !
LEIDJILL !
NON ! REVIENS !
LEIDJ...
EH TOI ! DEBOUT !
T'INQUIÈTE PAS, TU VAS BIENTÔT LA REJOINDRE.

EH ! MAIS C'EST UN DES NÔTRES !
UN PILOTE, D'APRÈS SON TATOUAGE.
IL NE BOUGE PAS. IL A L'AIR SALEMENT AMOCHÉ.
ILS L'ONT SÛREMENT DROGUÉ !
OUAIS, Y'A QU'À VOIR SES YEUX.
MAIS QU'EST-CE QU'IL...
YYAAAiii !
?!?
C'EST... C'EST MOI QUI AI FAIT ÇA ?
TIENS ! SALOPARD !
IL A EU SON COMPTE.
ET LA FILLE ?
TU CROIS VRAIMENT QU'ELLE VIT ENCORE ?
25

SIX SUR KARAS !
MOI, DOUZE SUR KORONER !
C'EST À TOI, LE BORGNÉ !
ALLEZ, LAVETTE, COURS !
CELUI-LÀ, C'EST UN RAPIDE !
BLAM ! BLAM ! BLAM !
OUAIS ! OUAIS !
BLAM !
TÊTE POUR KORONER !
PFF ! IL A ENCORE GAGNÉ !
HAAA ! J'AIME CES MISSIONS SECRÈTES QUI SE TERMINENT EN PARTIES DE CHASSE !
ÇA NOUS CHANGE DES CIBLES EN CARTONS
ALLEZ, AU SUIVANT !
EUH... PATROUILLES 4 ET 5 AU RAPPORT !
C'EST INCROYABLE ! ON A TROUVÉ DEUX DES NÔTRES PARMI LES INDIGÈNES !
?
Y A UN PROBLÈME... KORONER KRALL.

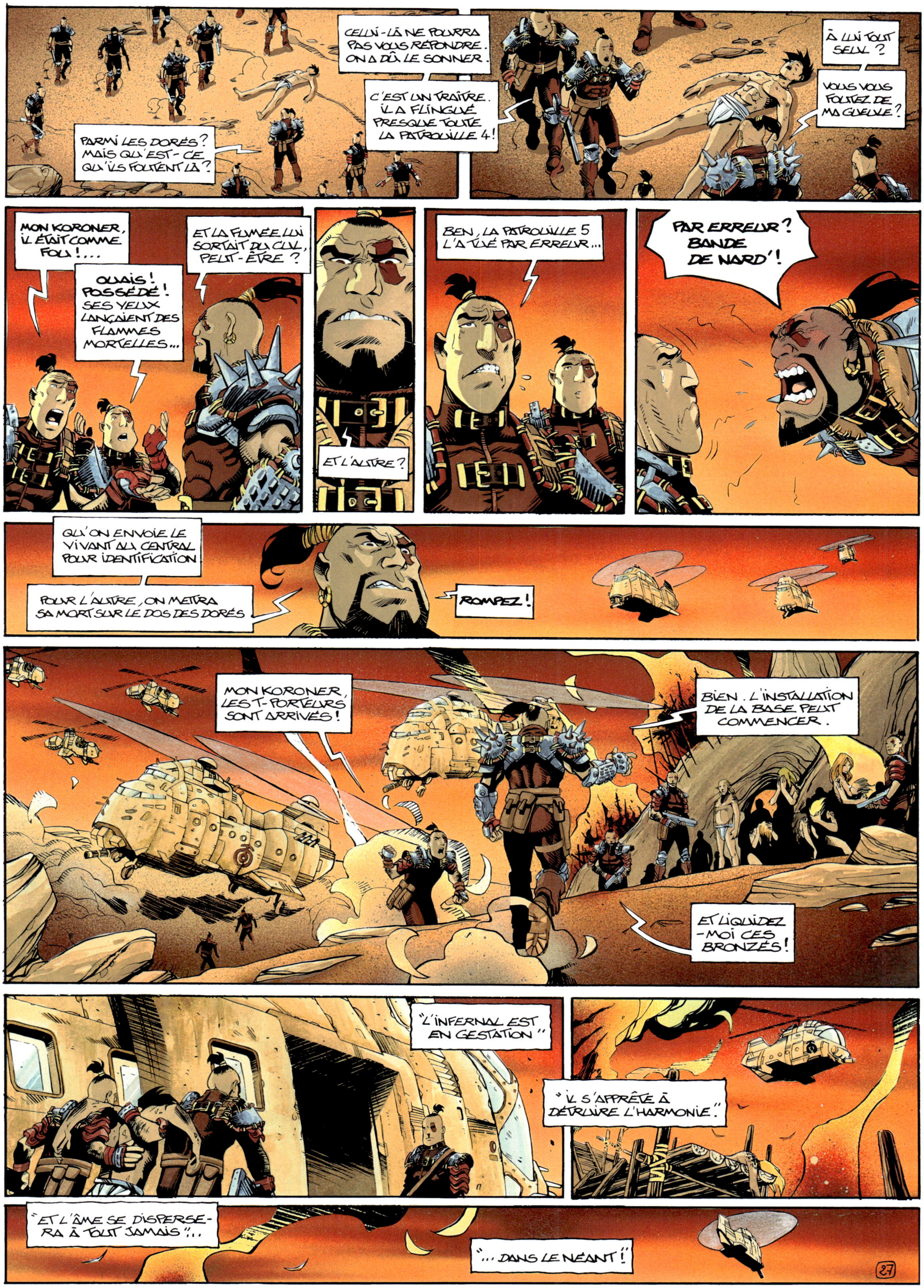
CELUI-LÀ NE POURRA PAS VOUS RÉPONDRE. ON A DÛ LE SONNER.
C'EST UN TRAÎTRE. IL A FLINGUÉ PRESQUE TOUTE LA PATROUILLE 4!
PARMI LES DORÉS? MAIS QU'EST-CE QU'ILS FOUTENT LÀ?
À LUI TOUT SEUL?
VOUS VOUS FOUTEZ DE MA GUEULE?
MON KORONER, IL ÉTAIT COMME FOU!...
OUAIS! POSSÉDÉ! SES YEUX LANÇAIENT DES FLAMMES MORTELLES...
ET LA FUMÉE LUI SORTAIT DU CUL, PEUT-ÊTRE?
ET L'AUTRE?
BEN, LA PATROUILLE 5 L'A TUÉ PAR ERREUR...
PAR ERREUR? BANDE DE NARD'!
QU'ON ENVOIE LE VIVANT AU CENTRAL POUR IDENTIFICATION
POUR L'AUTRE, ON METTRA SA MORT SUR LE DOS DES DORÉS
ROMPEZ!
MON KORONER, LES T-PORTEURS SONT ARRIVÉS!
BIEN. L'INSTALLATION DE LA BASE PEUT COMMENCER.
ET LIQUIDEZ-MOI CES BRONZÉS!
"L'INFERNAL EST EN GESTATION"
"IL S'APPRÊTE À DÉTRUIRE L'HARMONIE."
"ET L'ÂME SE DISPERSERA À TOUT JAMAIS"...
"... DANS LE NÉANT!"
27

CHADRY-BAKAN, CAPITALE DU PAYS D'OKRANE.
QUE DIT LE RAPPORT ?
PSYCHOGÉNÈSE COMPLEXE, AVEC CATALEPSIE TOTALE.
DEPUIS UN MOIS, SON ÉTAT RESTE STATIONNAIRE.
IL AURAIT ÉTÉ PSYCHOTURÉ PAR UNE TRIBU DES ÎLES LEMPRICES.
PSYCHOTURÉ PAR DES SAUVAGES? N'IMPORTE QUOI, CE RAPPORT!
IL AURAIT ÉLIMINÉ QUATORZE DES NÔTRES AVEC DES BOULES DE FEU.
DES BOULES DE QUOI ?
OUI, JE SAIS, C'EST TOUT AUSSI ABSURDE.
VOUS VOYEZ CES CRISTAUX BIZARRES, QUI SCINTILLENT À LA SURFACE DE SA PEAU ?
SI JE NE VOUS CONNAISSAIS PAS, JE VOUS FERAIS TRANSFÉRER TOUT DE SUITE À L'ASILE.
HÉ BIEN, ILS SONT VIVANTS!
HORS DU SUJET, ILS PERDENT TOUTES LEURS PROPRIÉTÉS... C'EST COMME S'ILS FAISAIENT PARTIE DE LUI.
EXPLICATION ?
ON LA CHERCHE ENCORE.
LE DOCTEUR SVENDAÏ URVICHAM A REÇU L'AUTORISATION IMPÉRIALE DE POURSUIVRE LES ANALYSES.
QUOI ?!? "FESSES EN FEU" S'OCCUPE DU MUTANT ?
ALORS, JEUNE HOMME ?
28

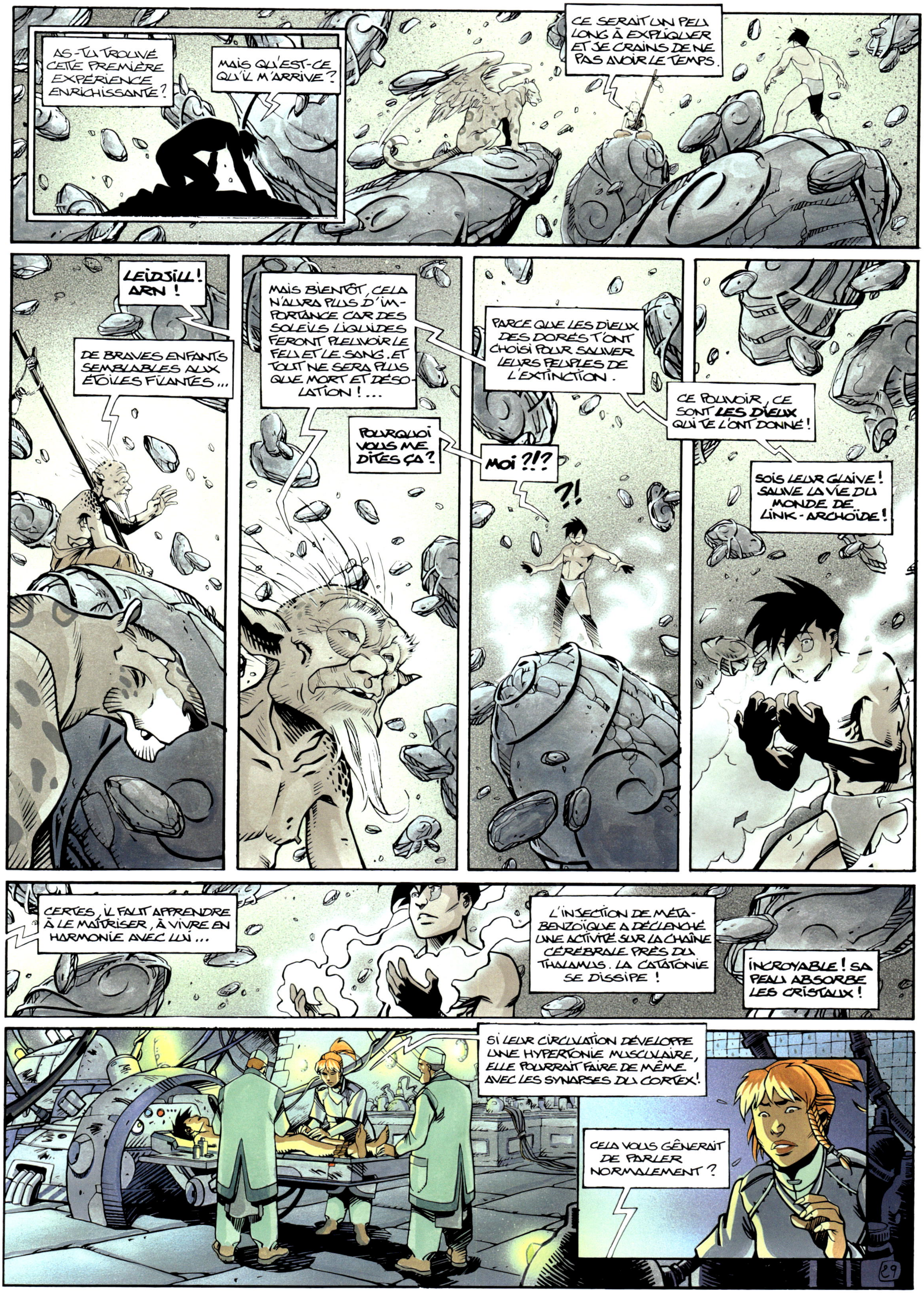
AS-TU TROUVÉ CETTE PREMIÈRE EXPÉRIENCE ENRICHISSANTE ?
MAIS QU'EST-CE QU'IL M'ARRIVE ?
CE SERAIT UN PEU LONG À EXPLIQUER ET JE CRAINS DE NE PAS AVOIR LE TEMPS.
LEIDSILL ! ARN !
DE BRAVES ENFANTS SEMBLABLES AUX ÉTOILES FILANTES...
MAIS BIENTÔT, CELA N'AURA PLUS D'IMPORTANCE CAR DES SOLEILS LIQUIDES FERONT PLEUVOIR LE FEU ET LE SANG. ET TOUT NE SERA PLUS QUE MORT ET DÉSOLATION !...
POURQUOI VOUS ME DITES ÇA ?
PARCE QUE LES DIEUX DES DORÉS T'ONT CHOISI POUR SAUVER LEURS PEUPLES DE L'EXTINCTION.
MOI ?!?
?!
CE POUVOIR, CE SONT LES DIEUX QUI TE L'ONT DONNÉ !
SOIS LEUR GLAIVE ! SAUVE LA VIE DU MONDE DE LINK-ARCHOÏDE !
CERTES, IL FAUT APPRENDRE À LE MAÎTRISER, À VIVRE EN HARMONIE AVEC LUI...
L'INJECTION DE MÉTA-BENZOÏQUE A DÉCLENCHÉ UNE ACTIVITÉ SUR LA CHAÎNE CÉRÉBRALE PRÈS DU THALAMUS. LA CATATONIE SE DISSIPE !
INCROYABLE ! SA PEAU ABSORBE LES CRISTAUX !
SI LEUR CIRCULATION DÉVELOPPE UNE HYPERTONIE MUSCULAIRE, ELLE POURRAIT FAIRE DE MÊME AVEC LES SYNAPSES DU CORTEX !
CELA VOUS GÊNERAIT DE PARLER NORMALEMENT ?
29

QU'EST-CE QUE JE FAIS LÀ ? AVEC TOUS CES TRUCS ?
MR GUNJA, VOUS ÊTES À L'HÔPITAL, ON A FAIT DES TESTS POUR...
MAIS QU'EST-CE QUI VOUS PREND DE M'ATTACHER COMME ÇA ?!?
JE NE SUIS PAS UN COBAYE !!
CALMEZ-VOUS, JE VAIS VOUS... AARRGG !!
J'VOUS EN FOUTRAI, MOI, DES TESTS !
POURRAILLE DE BLOUSARDS !
ALLEZ DONC VOIR AILLEURS, CHAROGNARDS !
AAARRRHH !!
?
IL Y A DU GRABUGE AUX LABOS-TESTS ! TOUS AVEC MOI !!

PLUS VITE, MA VIEILLE. IL FAUT LUI INJECTER LE MAXIMUM DE SÉRUM, AVANT QU'IL NE DÉTRUISE TOUT LE LABO...
LES LABOS-TESTS, C'EST PAS CHEZ "FESSES EN FEU" ?
GAGNÉ !
IMAGINE, LE P'TIT MALAISE SYMPA...
GAFFE PAS ! C'EST PROPRIÉTÉ PRIVÉE !
MÊME PAS EN TEST À TEST ?
C'EST LA GONZE DU KORONER KRAAL !
FUMAILLE !
JE VIENS DE TE SAUVER LA VIE.
PRÊT ?
?!
PFF ! CORIACE, LA BÊTE ! DES MAXI-DOSES ET IL CAUSE ENCORE !
SHXXIICHXX HUIIITIIXX...

CHADRY - BAKAN, QUELQUES JOURS PLUS TARD, DANS LE PALAIS DU POURPRE ...
MAÎTRE POURPRE, LE KORONER KRAAL ATTEND DANS LA SALLE DES TROPHÉES.
BIEN, BATCHIBILINE. FAIS-LE ENTRER.
MON CHER KRAAL, VOTRE MISSION SUR L'ÎLE SEMBLE ÊTRE UN SUCCÈS.
GRAND MAÎTRE, ELLE L'EST. L'INSTALLATION DU PROJET "NUÉES ARDENTES" SE POURSUIT COMME PRÉVU, SELON VOS ORDRES.
JUSTEMENT. N'AI-JE PAS PRÉCISÉ QUE L'INSTALLATION DE CETTE NOUVELLE ARME DEVAIT RESTER DANS LE PLUS GRAND SECRET ?
MAIS JUSQUE LÀ, ELLE L'A ÉTÉ !
ET CE PILOTE ?
SHOKA GUNJA ? UN RESCAPÉ D'UNE UNITÉ DE RECONNAISSANCE, PORTÉ DISPARU DEPUIS QUELQUES MOIS.
UNE CHANCE POUR LUI QUE... VOUS PASSIEZ PAR LÀ !
EUH... PAS VRAIMENT, GRAND MAÎTRE, IL EST SALEMENT AMOCHÉ.
ALORS, POURQUOI NE PAS L'AVOIR ÉLIMINÉ, COMME L'AUTRE ?
POUR LE SERGENT AR'N ARUNJA, CE FUT... UNE BALLE PERDUE. POUR LE 1ÈRE CLASSE SHOKA GUNJA, C'EST PLUS COMPLIQUÉ.
ILS ONT TUÉ AR'N !
JE SAIS ! IL CRACHE DU FEU, CALCINE MES SOLDATS ET DÉTRUIT MES LABORATOIRES DE RECHERCHE.
INTÉRESSANT !
JE VEUX EN SAVOIR DAVANTAGE. SA PRÉSENCE SUR L'ÎLE M'INTRIGUE.
DE PLUS, SON RAPPORT MÉDICAL MENTIONNE LA PRÉSENCE D'ÉTRANGES CRISTAUX QUI POURRAIENT ÊTRE LA SOURCE DE SON POUVOIR.
JE SUIS À VOTRE SERVICE, MAÎTRE, QUE DOIS-JE FAIRE ?
TRANFÉREZ CE 1ÈRE CLASSE DANS MES QUARTIERS, SUR-LE-CHAMP !
JE SAIS LE SUJET DANGEREUX. PRENEZ TOUTES LES DISPOSITIONS QUI S'IMPOSENT.
BIEN, MAÎTRE.

FORTERESSE GOUVERNEMENTALE DE MAXIMA, CAPITALE DU CONTINENT ZEÏDE.
ENREGISTREMENT.
JOUR 403 DE L'AN VII DE LA GUERRE DES FLAMBOYANTS.
OBJET : STATUER SUR LES INQUIÉTANTES RÉVÉLATIONS DE NOS AGENTS INFILTRÉS EN PAYS D'OKRANE.
ICI PRÉSENTS : FRÈRE LÉKO, SEIGNEUR DES FINANCES ET SUBSIDES.
LE NOUVEAU SEIGNEUR DES GUERRES, FRÈRE KRIEG.
ET MOI-MÊME, FRÈRE POLTIK, SEIGNEUR DES AFFAIRES INTÉRIEURES ET DE LA DIPLOMATIE.
D'APRÈS NOTRE AGENT, L'OKRANE POSSÉDERAIT UN INDIVIDU DOTÉ DE POUVOIRS EXCEPTIONNELS.
PFF ! CELA FAIT DES MOIS QU'ON SAIT QU'ILS NOUS PRÉPARENT QUELQUE CHOSE.
LE RAPPORT MENTIONNE DE SURPRENANTS POUVOIRS KINESTHÉSIQUES.
DIFFICILE À CROIRE. ÊTES-VOUS SÛR DE NOTRE AGENT ?
CERTAIN. C'EST LE MEILLEUR ! SON COEFFICIENT DE RÉUSSITE EST DE CENT POUR CENT.
ET CELA FAIT DE LUI UNE ARME REDOUTABLE.
LE RAPPORT PARLE DE CRISTAUX VIVANTS. UNE SORTE D'OSMOSE CHIMÉRIQUE.
SI SEULEMENT NOS SOLDATS POUVAIENT AVOIR LES MÊMES POUVOIRS...
C'EST JUSTEMENT POUR ÇA QUE NOUS SOMMES RÉUNIS, FRÈRE KRIEG...
IL NOUS FAUT LE RÉCUPÉRER AU PLUS TÔT.
LA TÂCHE SERA ARDUE, MAIS NOTRE AGENT A CONSTITUÉ UN SOLIDE RÉSEAU D'INDICS ET DE MALFRATS.
IL SERAIT TEMPS DE PROUVER SON EFFICACITÉ. METONS-LE SUR LE COUP ! SUR-LE-CHAMP !
IL OPÈRE DÉJÀ ET N'ATTENDAIT QUE NOTRE CONFIRMATION.
33

LE LENDEMAIN.
SECTION ! PRÉSENTEZ... ARMES !
TOUT EST EN ORDRE, MON KORONER, LES HOMMES ET LE MATÉRIEL SONT PRÊTS !
PARFAIT.
OOOH ! COMME JE SUIS HEUREUSE DE TE RETROUVER ICI !
!?
MON KRAALINOU ! TU M'AS MANQUÉ !
SVENDAÏ CHÉRIE... PAS ICI...
KRAALI... UN PATAPOUTOU...
SVEN... S'IL TE PLAÎT... PAS EN PUBLIC.
J'ÉTAIS FOLLE DE JOIE LORSQUE J'AI APPRIS QUE TU VENAIS !
MOI AUSSI, SWEN. MAIS JE SUIS EN MISSION ET...
JE SAIS, KRAALICHOU, J'AI MÊME EU L'AUTORISATION DE T'ACCOMPAGNER.
M'ACCOMPAGNER ?
N'ES-TU PAS CHARGÉ DU TRANSFERT DE CE GARÇON... EUH... BIZARRE ?
OUI, MAIS...
EH BIEN, L'INSTITUT QUI M'A CHARGÉE DE TRAVAILLER SUR SON CAS ME DEMANDE DE CONTINUER LES RECHERCHES DANS LE PALAIS IMPÉRIAL.
COMME ÇA, MON KRAALINOU POURRA VOIR SA PETITE PRUNE D'AMOUR PLUS SOUVENT...
ELLE EST NIAISE, MAIS ELLE SAIT Y FAIRE.
AVEC ÇA, IL EST CUIT À POINT, LE KRAALINOU.
34

TU NE VEUX PAS VENIR PLUTÔT DANS MON HÉLINE ?
EN TANT QUE MÉDECIN, JE SUIS RESPONSABLE DE MON PATIENT.
ET EN TANT QUE FEMME, TES GARDES M'IMPRESSIONNENT...
J'AI PEUR DE LEURS ARMES.
ET PUIS LÀ-BAS, NOUS AURONS PLUS DE TEMPS.
CETTE FEMME ME DAMNERA.
ET TOI, TU LUI COLLES AUX ...SEMELLES !
SINON, JE TE TRANSFORME EN CARPETTE VOLANTE !
OUI, MON KORONER !
TOUT S'EST BIEN PASSÉ ?
COMME SUR DES ROULETTES.
BIEN. ALORS, POUR L'INSTANT, DIRECTION LE PALAIS IMPÉRIAL.
QUOI ?!? CHEZ L'EMPEREUR EN PERSONNE ?
MMPH
HEY ! TU AS ENTENDU ?
NON... QU'EST-CE QUI...
ATTENDS-MOI ICI. JE VAIS VOIR.
???
MMPH
MAIS... C'EST LE PILOTE CHARGÉ DU TRANSFERT !
35

MON KORONER ! LE VRAI PILOTE DE L'HÉLICO A ÉTÉ TROUVÉ LIGOTÉ DANS LA REMISE DE L'HÔPITAL.
QUOI ?
BON SANG ! MAIS QUI EST AUX COMMANDES DE L'APPAREIL ?!?
IL EST SURPRIS, LE KRÂÂÂLINOU DE SA NOUNOU !
ALORS, COMME ÇA, LE GROS PORTE-PIQUES DE L'OKRANE A UN COEUR DE GUIMAUVE ?
QU'EST-CE QUE TU VEUX ? FILS DE PUTRAILLE !
LA CARGAISON !
MAIS CE N'EST QU'UN PAUVRE TYPE MALADE !
ALLONS, LE KRAAL, TU SAIS TRÈS BIEN QUE CE "PAUVRE TYPE" A UNE MALADIE UN PEU SPÉCIALE.
T'AS AUCUNE CHANCE. TOUS MES HOMMES VONT RAPPLIQUER DANS LE SECTEUR.
TANT QUE TA P'TITE PRUNE D'AMOUR SERA AVEC MOI, ON N'OSERA PAS ME DESCENDRE !
ALORS, TU ME LAISSES TRANQUILLE ET CE SOIR, TU LA RETROUVES AVEC TES CHAUSSONS AU COIN DU FEU. SINON...
IL FILE VERS LES BAS-QUARTIERS !
MON KORONER, QU'EST-CE QU'ON FAIT ?
36
FLINGUEZ-MOI CETTE GAMELLE VOLANTE !
ON VA LA FORCER À ATTERRIR !

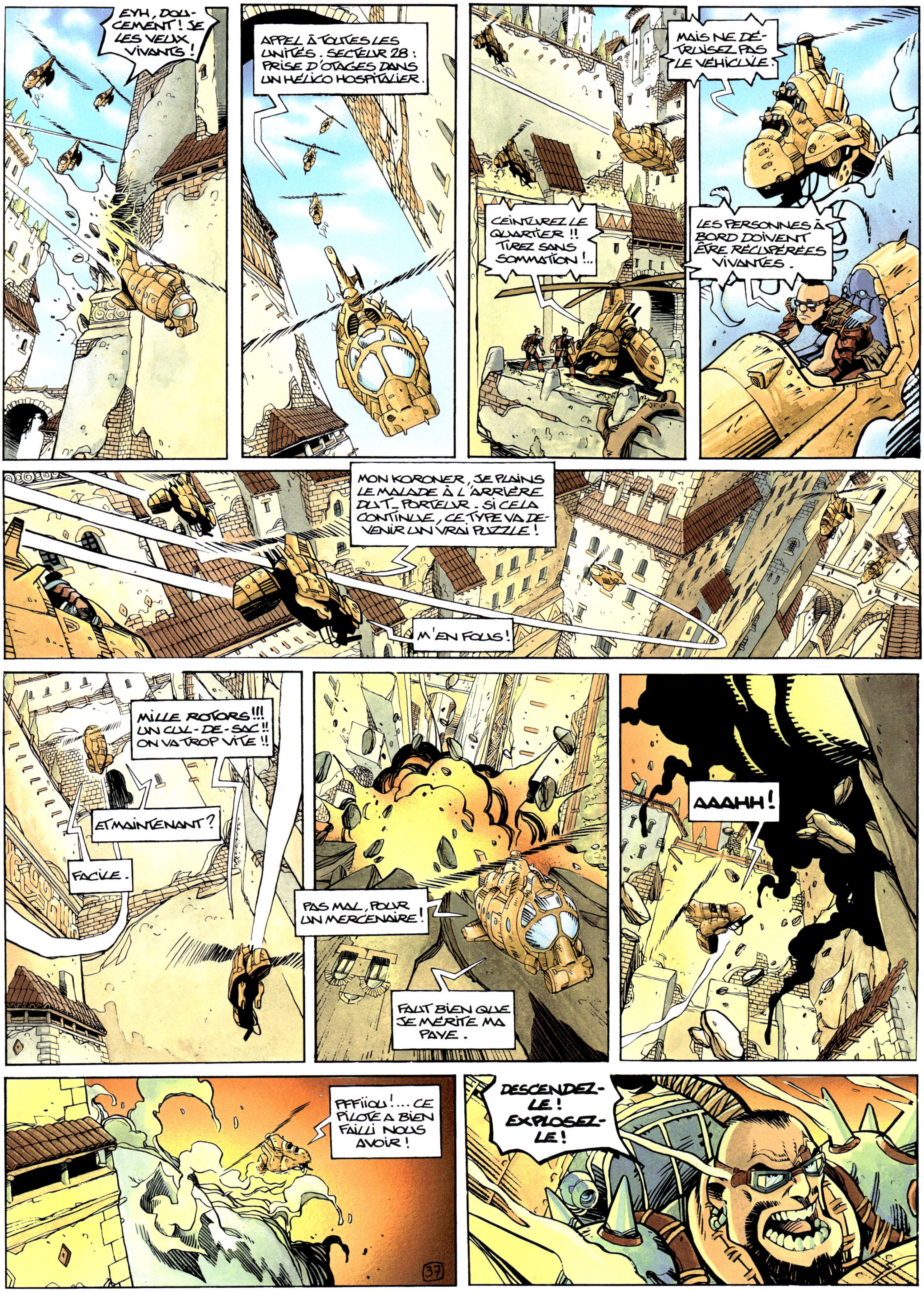
EYH, DOUCEMENT! JE LES VEUX VIVANTS!
APPEL À TOUTES LES UNITÉS. SECTEUR 28 : PRISE D'OTAGES DANS UN HÉLICO HOSPITALIER.
CEINTUREZ LE QUARTIER !! TIREZ SANS SOMMATION !..
MAIS NE DÉTRUISEZ PAS LE VÉHICULE.
LES PERSONNES À BORD DOIVENT ÊTRE RÉCUPÉRÉES VIVANTES.
MON KORONER, JE PLAINS LE MALADE À L'ARRIÈRE DU T. PORTEUR. SI CELA CONTINUE, CE TYPE VA DEVENIR UN VRAI PUZZLE!
M'EN FOUS!
MILLE ROTORS!!! UN CUL-DE-SAC!! ON VA TROP VITE!!
ET MAINTENANT?
FACILE.
PAS MAL, POUR UN MERCENAIRE!
FAUT BIEN QUE JE MÉRITE MA PAYE.
AAAHH!
PFFIOU!... CE PILOTE A BIEN FAILLI NOUS AVOIR!
37
DESCENDEZ-LE! EXPLOSEZ-LE!

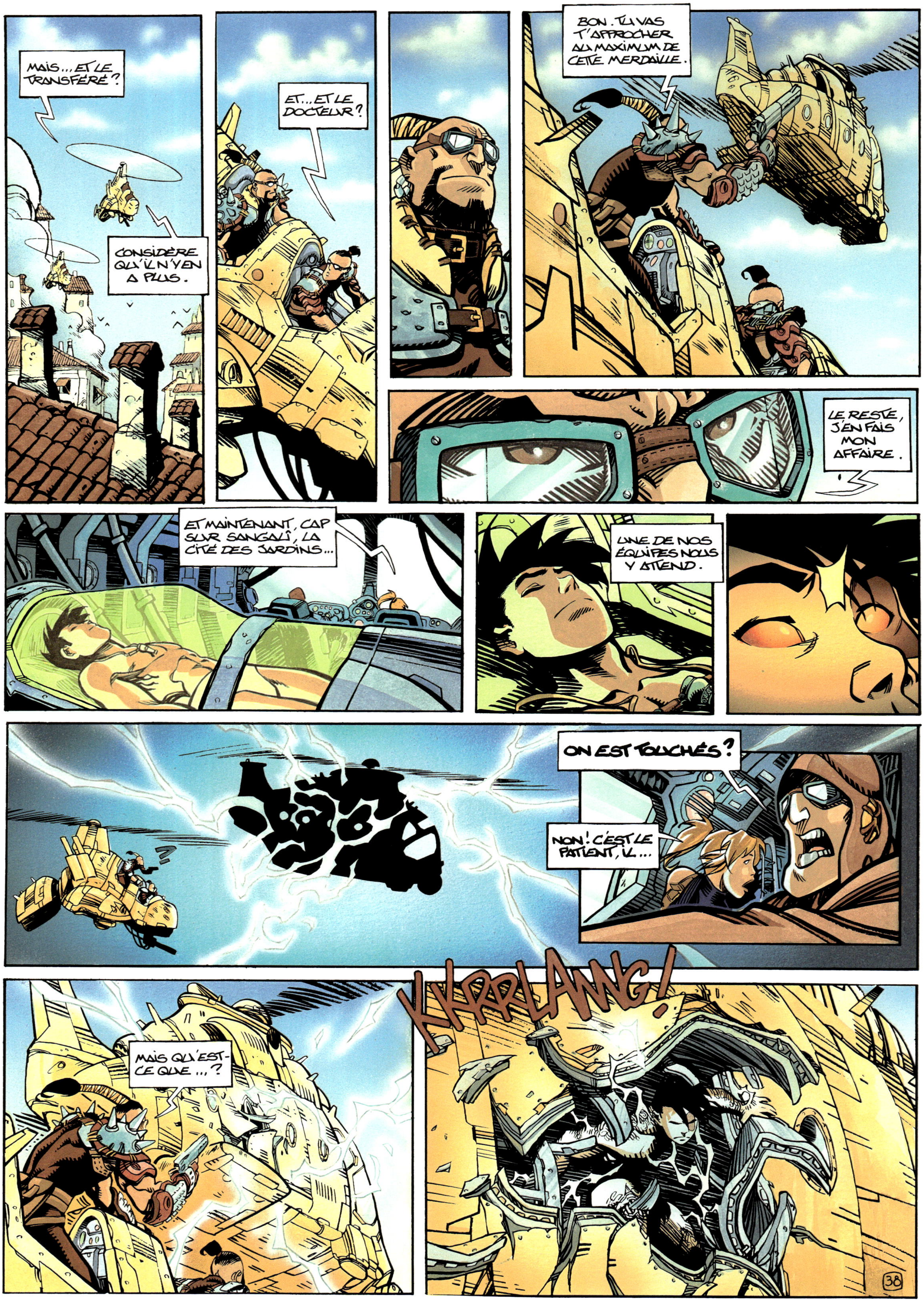
MAIS... ET LE TRANSFÉRÉ ?
CONSIDÈRE QU'IL N'Y EN A PLUS.
ET... ET LE DOCTEUR ?
BON. TU VAS T'APPROCHER AU MAXIMUM DE CETTE MERDAILLE.
LE RESTE, J'EN FAIS MON AFFAIRE.
ET MAINTENANT, CAP SUR SANGALÎ, LA CITÉ DES JARDINS...
UNE DE NOS ÉQUIPES NOUS Y ATTEND.
ON EST TOUCHÉS ?
NON ! C'EST LE PATIENT, IL...
MAIS QU'EST-CE QUE... ?
KKRRLANNG !
38

KRA!
NON, PITIÉ !...
AAAAAHHH !
SPRO!
RRAAAHAH!
SHOT!
SHOT!
CRÍF!
KOGN!
SPRO!
?!
KKRRAASHH!!!
39

MON KORONER, VOUS ALLEZ BIEN ?
JE NE SAIS PAS VRAIMENT QUI TU ES...
...MAIS SUR L'ÎLE, J'AURAIS DÛ TE SAIGNER COMME LES AUTRES !
RROAARR... LEEEIDSIIIIILL !!
WUUUSH !
PULVÉRISEZ-LE !
LEEEIDSIIIL !!!
FUTRAILLES, QUELLE EST CETTE MAGIE ?
40

ON EST SALEMENT TOUCHÉS, LA CARLINGUE NE TIENDRA PAS LONGTEMPS, SI ON NE SE POSE PAS MAINTENANT.
LÀ, DANS CE HANGAR !!
AAAAAA
KRRAASHH !!
AAAHHH ! J'AI MAL...
J'AI... MAAAL... DOC...
TIENS ! ÇA VA TE SOULAGER...
FSHHH !
HALTE ! ON NE BOUGE PLUS !...
ARRÊTEZ-VOUS, OU NOUS OUVRONS LE F...
BRAOUM !
CETTE MISSION EST UN FIASCO.
JE DOIS ABSOLUMENT RETROUVER CE SLHOKA ET LE LIVRER MOI-MÊME AUX TROIS SEIGNEURS ! IL Y VA DE MA RÉPUTATION.
41

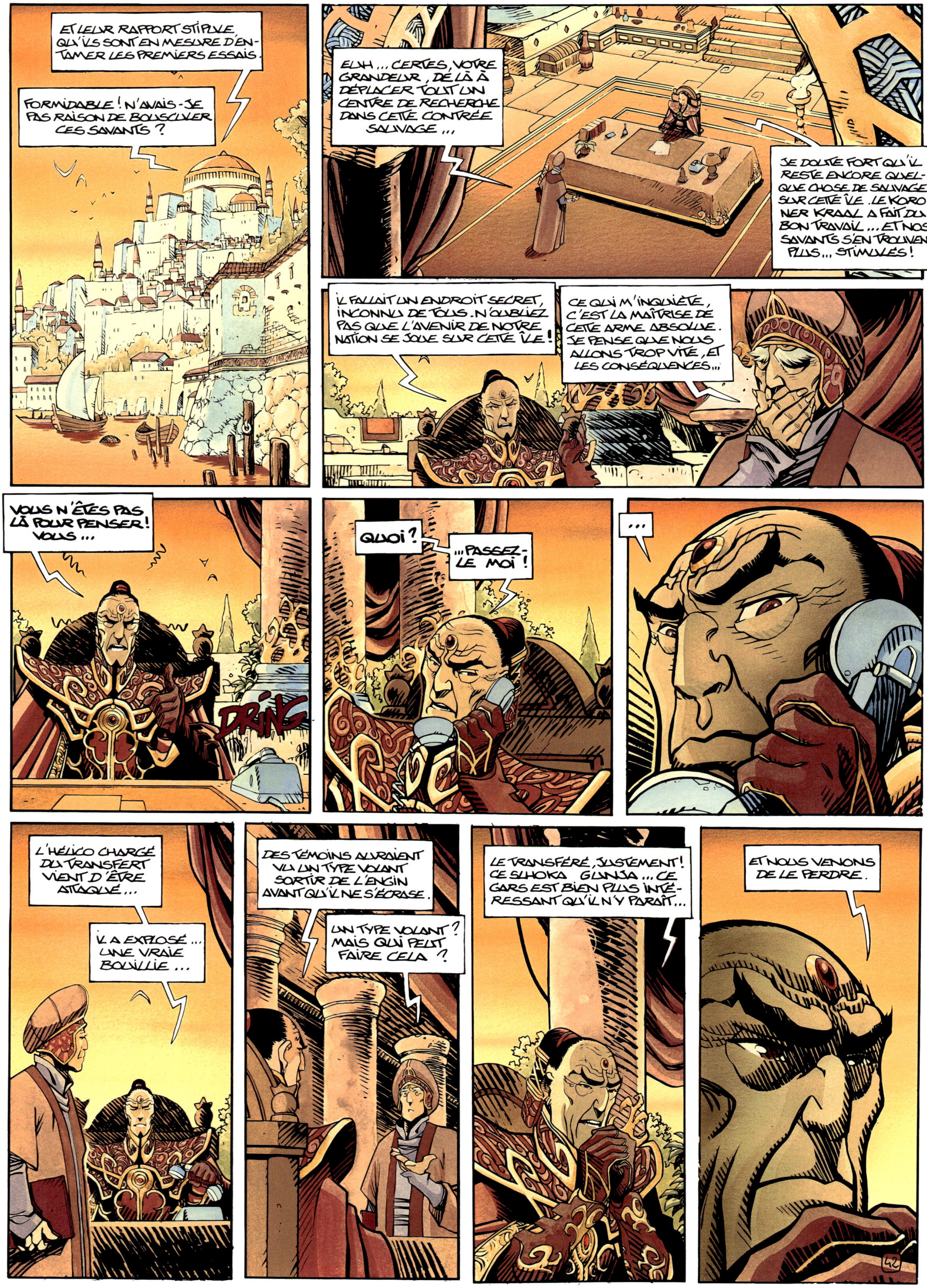
ET LEUR RAPPORT STIPULE, QU'ILS SONT EN MESURE D'ENTAMER LES PREMIERS ESSAIS.
FORMIDABLE ! N'AVAIS-JE PAS RAISON DE BOUSCULER CES SAVANTS ?
EUH... CERTES, VOTRE GRANDEUR, DE LÀ À DÉPLACER TOUT UN CENTRE DE RECHERCHE DANS CETTE CONTRÉE SAUVAGE...
JE DOUTE FORT QU'IL RESTE ENCORE QUELQUE CHOSE DE SAUVAGE SUR CETTE ÎLE. LE KORONER KRAAL A FAIT DU BON TRAVAIL... ET NOS SAVANTS S'EN TROUVENT PLUS... STIMULÉS !
IL FALLAIT UN ENDROIT SECRET, INCONNU DE TOUS. N'OUBLIEZ PAS QUE L'AVENIR DE NOTRE NATION SE JOUE SUR CETTE ÎLE !
CE QUI M'INQUIÈTE, C'EST LA MAÎTRISE DE CETTE ARME ABSOLUE. JE PENSE QUE NOUS ALLONS TROP VITE, ET LES CONSÉQUENCES...
VOUS N'ÊTES PAS LÀ POUR PENSER ! VOUS...
DRING
QUOI ?
...PASSEZ-LE MOI !
...
L'HÉLICO CHARGÉ DU TRANSFERT VIENT D'ÊTRE ATTAQUÉ...
IL A EXPLOSÉ... UNE VRAIE BOUILLIE...
DES TÉMOINS AURAIENT VU UN TYPE VOLANT SORTIR DE L'ENGIN AVANT QU'IL NE S'ÉCRASE.
UN TYPE VOLANT ? MAIS QUI PEUT FAIRE CELA ?
LE TRANSFÉRÉ, JUSTEMENT ! CE SLHOKA GUNJA... CE GARS EST BIEN PLUS INTÉRESSANT QU'IL N'Y PARAÎT...
ET NOUS VENONS DE LE PERDRE.

QUOI ? IL A DISPARU ?
CALMEZ-VOUS, FRÈRE KRIEG. VOS EMPORTEMENTS N'Y CHANGERONT RIEN.
D'APRÈS NOS INDICS, IL NE RESTE PLUS RIEN DE L'HÉLICOPTÈRE NI DE CEUX QU'IL TRANSPORTAIT.
ET LE TRANSFÉRÉ ?
UN TÉMOIN AURAIT VU UN TYPE JAILLIR DU PORTEUR ET SAUTER SUR UNE DES HÉLINES MILITAIRES.
SAUTER D'UN VÉHICULE À UN AUTRE EN PLEIN VOL ? À PLEINE VITESSE ? C'EST DÉMENT !
SON POUVOIR EST VRAIMENT FORMIDABLE. IL NOUS LE FAUT ABSOLUMENT !
MAIS NOUS N'AVONS PLUS DE NOUVELLES DE NOTRE AGENT, DEPUIS LE CRASH...
IL A ÉCHOUÉ ?
JE SAVAIS BIEN QUE CE RÉSEAU N'ÉTAIT PAS FIABLE ! CETTE AFFAIRE DEMANDE DES PROFESSIONNELS, PAS UN RAMASSIS DE PÉTARDEURS EN SOLDE !!!
FRÈRES ! CETTE GUERRE CONTRE L'OKRANE N'A QUE TROP DURÉ ! L'ENNEMI NOUS OFFRE L'OPPORTUNITÉ DE LES VAINCRE !
VOUS ALLEZ UN PEU VITE, FRÈRE KRIEG. ON NE SAIT RIEN DE PRÉCIS SUR CE PILOTE MUTANT, SINON QUE C'EST PEUT-ÊTRE UNE ARME TERRIBLEMENT EFFICACE.
IL ME PARAÎT PLUS IMPORTANT DE S'OCCUPER D'UNE MENACE BIEN PLUS RÉELLE... CES FAMEUSES RUMEURS FAISANT ÉTAT D'UNE ARME ABSOLUE CONSTRUITE EN SECRET PAR L'OKRANE...
FRÈRE LÉKO, MÊME SI CE SHOKA VOUS APPARAÎT COMME UNE HYPOTHÈSE FUMEUSE, IL VAUT MIEUX ÊTRE PRÉVOYANT ET BÉNÉFICIER DE L'AVANTAGE DE CETTE DÉCOUVERTE.
SI C'EST LE CAS, MES FRÈRES, NOUS NOUS TROUVONS MAINTENANT AVEC DEUX PRIORITÉS.
SI VOUS LE VOULEZ BIEN, JE M'OCCUPERAI DE LA PREMIÈRE. CETTE RUMEUR D'ARME ABSOLUE M'INTRIGUE.
ET MOI, JE ME CHARGE DE RETROUVER LE MUTANT.
43

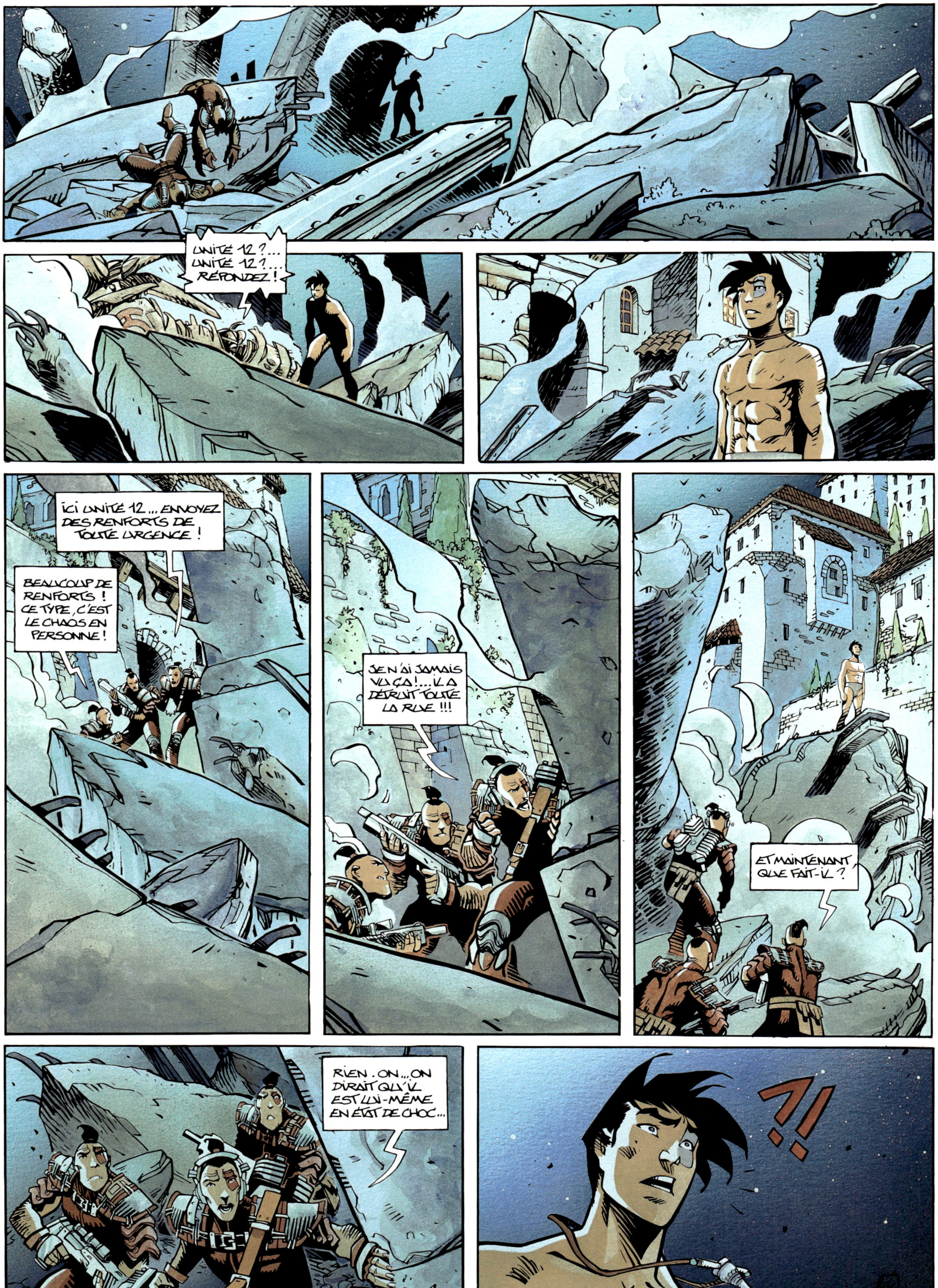
UNITÉ 12 ?... UNITÉ 12 ?... RÉPONDEZ !
ICI UNITÉ 12... ENVOYEZ DES RENFORTS DE TOUTE URGENCE !
BEAUCOUP DE RENFORTS ! CE TYPE, C'EST LE CHAOS EN PERSONNE !
JE N'AI JAMAIS VU ÇA !... IL A DÉTRUIT TOUTE LA RUE !!!
ET MAINTENANT QUE FAIT-IL ?
RIEN. ON... ON DIRAIT QU'IL EST LUI-MÊME EN ÉTAT DE CHOC...
?!

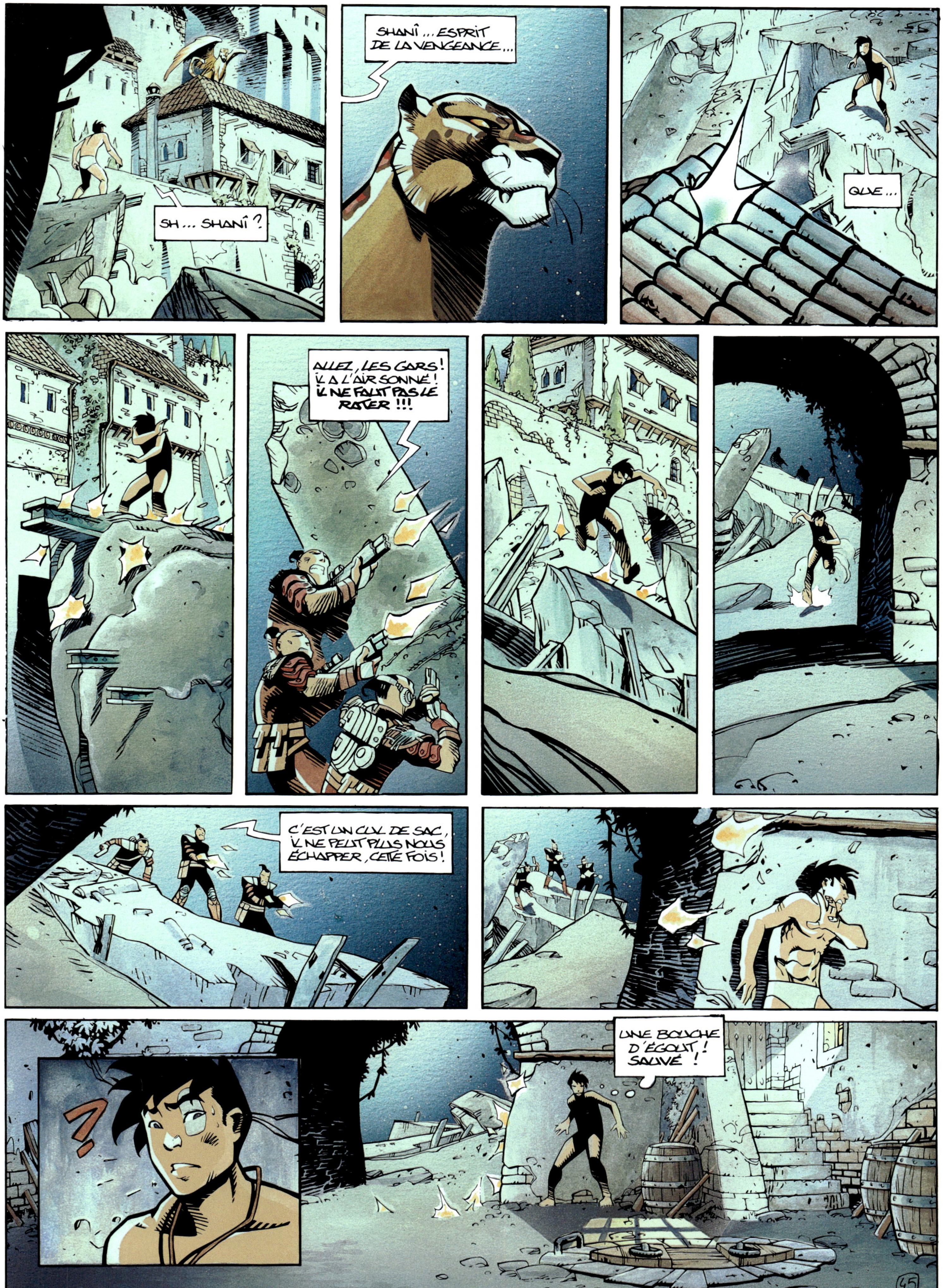
SH... SHANÎ ?
SHANÎ... ESPRIT DE LA VENGEANCE...
QUE...
ALLEZ, LES GARS ! IL A L'AIR SONNÉ ! IL NE FAUT PAS LE RATER !!!
C'EST UN CUL DE SAC, IL NE PEUT PLUS NOUS ÉCHAPPER, CETTE FOIS !
UNE BOUCHE D'ÉGOUT ! SAUVÉ !
?
45

DANS LE PALAIS DU POURPRE...
...ET LES CRISTAUX SE SONT ILLUMINÉS SIMULTANÉMENT PENDANT QUELQUES MINUTES.
...JE SAIS QUE CELA PARAÎT INSENSÉ MAIS NOUS CHERCHONS UNE EXPLICATION SCIENTIFIQUE À CE PHÉNOMÈNE, D'AUTANT QUE LE SUJET EST TOUJOURS PLONGÉ DANS UN COMA PROFOND.
NOUS AVONS CONSIDÉRÉ QU'IL FALLAIT AMÉNAGER UNE SALLE POUR L'ENTREPOSER ET...
VOUS AVEZ BIEN FAIT!
MERCI, VOTRE GRANDEUR.
QU'ON ME LAISSE SEUL, MAINTENANT!
Ô GRACIEUSE ENFANT... SI BELLE DANS TON SARCOPHAGE DE VERRE...
QUEL EST DONC LE MYSTÈRE DE CES CRISTAUX IDENTIQUES À CEUX QUE L'ON A DÉCELÉS DANS LE CORPS DE CE FAMEUX SHOKA?
...ALORS QUE MES SAVANTS S'ACHARNENT À DÉCOUVRIR LE SECRET DE L'ARME ABSOLUE, PASSERAIS-JE À CÔTÉ DE L'ESSENTIEL?
NON, BIEN SÛR QUE NON. ILS M'ONT ASSURÉ QUE BIENTÔT, JE VERRAIS L'ABOUTISSEMENT DU PROJET "NUÉES ARDENTES" ET QUE JE POURRAIS ENFIN ÉCRASER L'INFECT CONTINENT ZÉIDE...
ET TOUS CEUX QUI ME RÉSISTERONT!!
46
LE MASSACRE DE TON PEUPLE N'AURA PAS ÉTÉ VAIN. C'EST UN PEU GRÂCE À LUI QUE JE VAIS ÉTENDRE MON EMPIRE SUR LINK-ARCHOÏDE.
FIN
PROCHAIN ÉPISODE : LES JARDINS DE SANGALÎ
SCÉNARIO : GODDERIDGE
DESSINS : FLOCH
COULEURS : LYSE
LETTRAGES : MATHIAS